Jo Pestum

# Nachts bin ich eine Hexe

## aber das weiß keiner

*ILLUSTRIERT VON JOHANNES GERBER*

SCHNEIDER BUCH

# Inhalt

## Vom Hexenbesen mit Gangschaltung, von Fledermaus Fritz und von Kater Pipos Schniefnase

Du darfst diese Geschichte nur lesen, wenn du vorher versprichst, daß du mein Geheimnis nicht verrätst. Die Menschen sollen nicht wissen, daß ich nachts eine Hexe bin. Bestimmt kriegen sie sonst Angst vor mir, und das will ich nicht. Also, versprochen?
Gut, dann kann's ja losgehen.

Wenn mein Vater und meine Mutter abends zu mir ins Zimmer kommen, dann geben wir uns Gutenachtküsse.
Dann sagen sie: „Schlaf gut, Elisabeth!"
Und ich sage: „Schlaf du auch gut, Peter-Papa! Schlaf du auch gut, Johanna-Mama!"
Dann knipsen sie das Licht aus. Aber kaum sind sie draußen, blitz-blitz, verwandele ich mich sofort in die Hexe

Rabakrakra. Der Name klingt gefährlich. Ich weiß. Das soll er auch! Mein langes Hexenkleid schimmert schön, auch wenn der Mond nicht scheint. Hexenkleider schimmern ganz von selbst, sogar in pechschwarzer Nacht. Auf meinem spitzen Hexenhut glänzt ein kleiner Stern, der zeigt mir den Weg. Griffbereit liegt der Hexenbesen unter dem Bett. Wenn ich will, kann ich darauf

2 9890-10

so schnell durch die Luft sausen wie ein Düsenflugzeug. Er hat nämlich eine Gangschaltung oben am Griff. Der erste Gang: langsames Tempo.

Der zweite Gang: mittleres Tempo.

Der dritte Gang: wahnsinniges Tempo.

Am liebsten schwebe ich langsam auf meinem Besen herum, ganz dicht über den Hausdächern. Was ich da alles sehe! Wie jeder weiß, können Hexen auch im Dunkeln sehen, sogar durch Wände und Dächer hindurch. Ich schaue mir die Leute an.
In der einen Wohnung streiten sich welche, in der anderen lieben sich welche. Da sitzen sie vor der Fernsehglotze, dort spielen sie miteinander Karten. Ich kann Menschen sehen, die Bier trinken und Witze erzählen, ich kann aber auch Menschen sehen, die sitzen ganz einsam in ihrem Zimmer und sind traurig. Den Kindern, die in ihren Betten liegen, hexe ich im Vorbeifliegen

schöne, spannende Träume in ihre Köpfe.
Wohin ich heute zuerst fliege auf meinem Hexenbesen? Was für eine dumme Frage! Zuerst fliege ich wie jeden Abend zu meinen Freunden, den Fledermäusen. Die wohnen im Feuerwehrturm, wo die Schläuche zum Trocknen aufgehängt werden. Ganz oben im Gebälk, wo es ruhig ist und dunkel, haben die Fledermäuse ihren Schlafplatz. Sie schlafen ja tagsüber wie alle Fledermäuse auf der ganzen Welt.

Und wie alle Fledermäuse baumeln sie mit dem Kopf nach unten und halten sich mit den Krallen fest, die an den Ecken ihrer großen schwarzen Fledermausflügel sind. Aber wenn sie so am Balken hängen, sind ihre Flügel zugeklappt wie Regenschirme bei Sonnenschein. Sieben Fledermäuse wohnen im Feuerwehrturm. Ihr Sprecher ist Fritz, der fette Fledermäuserich. Er blinzelt mich ärgerlich an.

„Sieh da, sieh da! Unsere Freundin Rabakrakra. Es wurde auch langsam Zeit. Längst wollten wir losflattern zu unserer nächtlichen Jagd. Warum kommst du so spät?"

„Hör schon auf zu meckern, Fritz!" rufe ich zu ihm hinauf. „Ich komme so früh wie jeden Abend. Bist du sauer?"
„Wir sind alle sauer!" rufen da die sieben Fledermäuse im Chor.
„Und warum?" frage ich.
Fritz antwortet für alle. „Wir haben mal wieder Ärger mit Kater Pipo. Der macht sich einen Spaß daraus, uns zu erschrecken. Stell dir vor, am Mittag, zur schönsten Schlafenszeit, ist er auf unserem Balken herumgehüpft und hat Unsinn gemacht! Miaut hat er extra laut, und unsere Krallen hat er vom Balken geschubst. Bloß weil er uns nicht leiden kann."
„Ich hab' mich fast zu Tode erschreckt!" ruft die Fledermaus Gine.

„Ich bin aus tiefstem Schlaf gerissen worden!" ruft Fledermaus Sibylle. „Ich hab' mir beim Fallen sogar weh getan!" ruft Fledermaus Giselchen, die winzige. „Jetzt schmerzt mein linkes Ohr, und ausgeschlafen bin ich auch nicht."

Fritz wird ungeduldig. „Keine langen Krankengeschichten!" Er reckt schon die Flügel. „Was wir von dir erwarten, Hexe Rabakrakra..."

„Ich weiß schon", sage ich. „Ich soll mal wieder mit Kater Pipo schimpfen. Wird gemacht."

„In einen Mistkäfer sollst du ihn verhexen, wenn er nicht endlich aufhört mit dem Unsinn!"

Fritz wackelt abflugbereit mit den spitzen Ohren und nickt den anderen Fledermäusen zu. „Kommst du ein Stück mit uns, Hexe Rabakrakra?"

3 9890-10

Ja, ein Stück können wir zusammen fliegen, die sieben Fledermäuse und ich. Aber gleich hinter dem Kirchturm muß ich meinen Flugbesen nach rechts lenken. Die Fledermäuse flattern weiter geradeaus zum Bach hinunter, wo sie Motten jagen und Mücken und Falter.
Ich höre Kater Pipo schon von weitem. Entsetzlich! Soll das ein Liebeslied sein? Gräßlich verschnupft und heiser röchelt und jault und quietscht seine Stimme. Er zuckt vor Überraschung zusammen, als ich plötzlich vor ihm auf der Mauer lande.
„D-d-d-du bist's?"
„Siehst du doch! Ich habe mit dir zu

reden, Pipo. Deine Stimme hört sich heute nacht übrigens an wie eine ausgeleierte Spülmaschine."
„Ich hab' leider eine Schniefnase", schnieft Kater Pipo und schielt verlegen zu den Sternen hinauf, weil er ein schlechtes Gewissen hat. „Irgendwo muß ich mich erkältet haben."

„Irgendwo?" Ich rede mit ganz böser Stimme. „Kann es sein, daß du dir im Feuerwehrturm einen Schnupfen geholt hast? Die Fledermäuse haben sich bitter über dich beschwert. Du hast wieder ihre Tagesruhe gestört. Gib es zu!"
„Na ja", maunzt Pipo und schnieft, „eigentlich ist das mehr aus Versehen passiert. Ehrenwort!"
Ich muß lachen. Und wenn der Pipo zehnmal sein Ehrenwort gibt: Der ist und bleibt ein Lügner.
„Hör gut zu", sage ich, „wir zwei schließen jetzt einen Vertrag. Du läßt in Zukunft die Fledermäuse in Ruhe, und ich hexe dir dafür deinen Schnupfen weg. Einverstanden?"
„Aber sicher!" schreit Pipo begeistert.

Weil man ihm aber nicht richtig trauen kann, warne ich ihn. „Solltest du unseren Vertrag brechen, dann komme ich wieder und zaubere dir einen hundert Meter langen Schwanz an deinen Pipo-Popo. Knallgrün mit lila Punkten. Dann kannst du nicht mehr klettern, und alle lachen dich aus. Also, ich habe dich gewarnt."

Da fällt der Kater Pipo vor Angst fast von der Mauer. „Kannst dich auf mich verlassen, Hexe Rabakrakra! Nie wieder werde ich die Fledermäuse ärgern. Was ist nun mit meiner Schniefnase?"

Ich ziehe den Zauberstab aus dem Ärmel und flüstere:

„Sturm und Elefantenspeck,
Pipos Schnupfen weg, weg, weg!"

Und da kann man richtig hören, wie der Schnupfen wegsaust. Kater Pipo miaut mit schöner klarer Stimme sein Katzenliebeslied durch die Nacht. Da kommt auch schon die Katze Minka

angeschnurrt, und die beiden fangen an zu schmusen. Natürlich will ich nicht stören und starte meinen Flugbesen.

„Du bist eine gute Hexe!" ruft Pipo mir nach.

„Aber ich kann auch mächtig gefährlich sein!" rufe ich zurück. „Vergiß das bloß nicht!"

**Vom stotternden Auto, vom Mitternachtsmahl mit der Möwe Monika und von tanzenden Sternen**

Ziemlich ruhig ist es nun geworden in unserer Stadt. Das Fernsehprogramm ist zu Ende. Da gehen die meisten Leute schlafen. Doof sind die. Können nur noch zugucken und nichts mehr selber machen. Das ist schon so schlimm, daß sie sich ohne Flimmerkiste nur noch langweilen. Wo sehe ich noch Licht? Aha! In einer Wohnung schaut sich ein dicker Mann Video-Filme an. Aber

weil es ein gemeiner Film ist mit Totschießen und Spaß am Menschenquälen, hexe ich ihm eine Bildstörung in seinen Apparat. Da kann er noch so fluchen und an den Knöpfen fummeln, das Geflimmer wird immer schlimmer. Ich lache laut, doch das kann er natürlich nicht hören. Hexengelächter ist für Menschen unhörbar.

Wo sehe ich noch Licht? Da! Aber das ist doch nicht zu fassen! Da hockt eine Junge am Tisch und weint, weil er die Mathe-Aufgaben nicht schafft. Die sind so schwer! Schnell hexe ich ihm neue Gedanken in den Kopf. Da kann er auf einmal ganz schnell rechnen und versteht das alles. Jetzt lächelt er. Bald wird er ins Bett gehen können.

Wo sehe ich noch Licht? Im Haus neben der Apotheke. Eine alte Frau sehe ich und einen alten Mann. Die trinken Rotwein und erzählen sich was. Das finde ich schön. Am liebsten würde ich zuhören, aber das geht nicht. Ich habe ja noch viel zu tun in dieser Nacht.

Ganz weit in der Ferne, wo die Landstraße kurvig ist wie eine geringelte Riesenschlange, huschen zwei Lichtstrahlen durch die Dunkelheit. Ich weiß sofort: Da kommt ein Auto angebraust. Aber mit was für einem irren Tempo! Da muß einer verrückt geworden sein. Wenn dem ein Reifen platzt! Oder wenn der die Kurve nicht schafft!

Oder wenn plötzlich ein Kaninchen über die Straße hoppelt! Mörderisch, wie der fährt.
„Warte, du Idiot!" denke ich. „Dir wird die Raserei schon vergehen!"
Ich schalte den dritten Gang meines Flugbesens ein und bin - husch-zack-boing - bei dem Blödmann angekommen. Hexen können leicht Autoblech durchdringen. Weil ich ja für Menschenaugen unsichtbar bin, merkt er auch nicht, daß ich mich hinter ihn auf die Rückbank setze und den Zauberstab schwinge. Klar, den Hexenspruch kann er nicht hören.
Der Mann ist noch ziemlich jung. Eigentlich ist er noch gar nicht richtig ein Mann, sondern fängt gerade erst an, einer zu werden. Er hat das Auto-

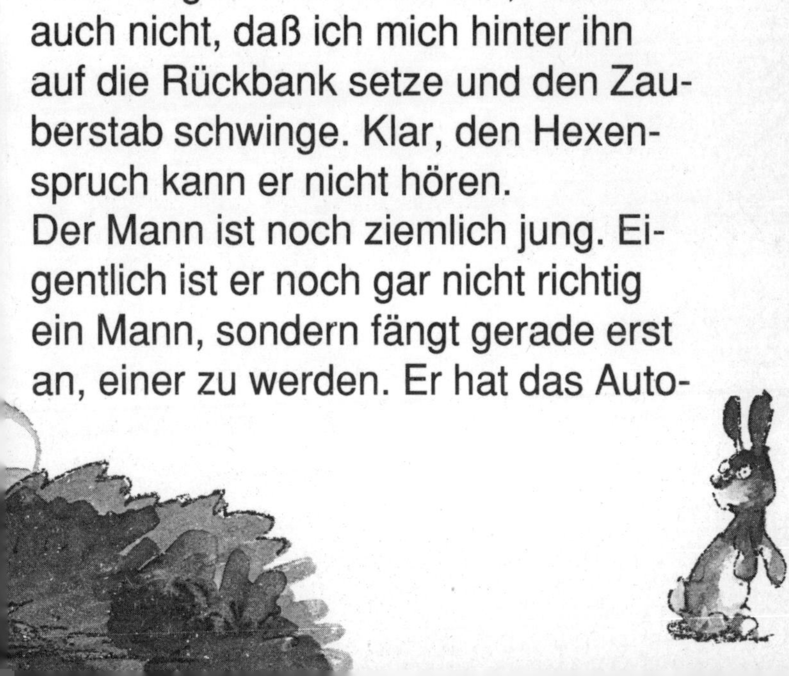

radio so laut gestellt, daß ihm die Ohren wackeln. Und Gas gibt er, daß die Reifen kreischen und quietschen und wimmern. Ein Wunder, daß er noch keinen Unfall gebaut hat!
Auf einmal fängt das Auto an zu hüpfen und zu bocken. Springt wie ein Känguruh, wie ein wildgewordener Esel, wie eine zornige Giraffe, wie ein angriffswütiges Nashorn. Das rumst und scheppert und kracht, daß die Autobleche fast auseinanderfliegen. Der Motor stottert und kreischt und spuckt, als gehe die Welt unter. Der Fahrer schreit vor Schreck und macht sich beinahe in die Hose. Er krallt sich am Lenker fest, damit er nicht mit dem Kopf unter das Autodach knallt. „Hilfe! Verdammt! Der

Wagen geht kaputt!" Natürlich nimmt er sofort den Fuß vom Gaspedal. Doch da summt der Motor brav, als sei nichts gewesen. Die Räder rollen leicht und elastisch. Nichts lärmt, nichts bockt, nichts stottert mehr. Der Fahrer dreht den Ton des Radios leiser. Tatsächlich, keine schrecklichen Geräusche mehr. „Hab' ich das nur geträumt?" sagt er zu sich selber. Dann lacht er und gibt wieder Gas.

Aber das hätte er besser nicht getan! Der Wagen wird geschüttelt wie von einer Riesenfaust. Noch schlimmer als vorher wackelt und zittert und rumpelt das Auto. Die ganze Karosserie scheint zu platzen.

„O nein!" schreit der Fahrer in höch-

ster Angst. Aber als er das Gaspedal zurückfedern läßt, rollt das Auto wieder ganz ruhig. „Das geht doch mit dem Teufel zu!" stöhnt der Fahrer entsetzt.
„Nicht mit dem Teufel", kichere ich, „sondern mit der Hexe Rabakrakra." Er kann das selbstverständlich nicht hören. Weil der Fahrer begriffen hat, daß sein Auto nur gefahren werden kann, wenn er das vernünftig macht, kann ich beruhigt davonfliegen. Es wird ja auch höchste Zeit.

Gong-gong-gong... Zwölfmal schlägt die Kirchturmuhr.
Genau beim letzten Schlag komme ich beim Stadtteich angeschwebt. Die Möwe Monika erwartet mich schon. Ich setze mich zu ihr in das Boot, das mit einer Kette am Ufer festgemacht ist. Doch ich hexe die Kette weg, damit das Boot uns über die kleinen Wellen trägt. Monika und ich, wir schaukeln nämlich gern.

„Schön, daß du pünktlich bist", schnäbelt Monika.
Sie ist meine Lieblingsmöwe. Immer um Mitternacht treffe ich mich mit ihr am Stadtteich. Obwohl sie ein bißchen schwatzhaft ist, rede ich gern mit ihr. Außerdem, und das ist das wichtigste: Wir feiern zusammen das Mitternachtsmahl. Zuerst zaubere ich mit dem Zauberstab eine weiße Tischdecke und Kerzen in Silberleuchtern und festliches Geschirr herbei. Das mache ich immer so.
„Ich hätte Lust auf Himbeerpudding mit Oliven und Schokoladensoße", sagt die Möwe. „Fischstäbchen mit Karamelbonbons und Fritten wären als Vorspeise nicht schlecht. Zum Nachtisch wünsche ich mir frische

Feigen in Pfeffertunke mit Spaghetti-
eis und ganz viel Senf."
„Du hast einen guten Geschmack",
sage ich. „Ich glaube, ich werde das
gleiche nehmen. Was wollen wir
trinken?"
„Kirschsaft mit Pistazien und hinter-
her Apfelsprudel mit geriebenen
Nüssen. Bist du einverstanden, Hexe
Rabakrakra?"
Ich nicke und ziehe den Stab aus
dem Ärmel. Dann macht es blitz-blitz,
und wir essen und trinken, ohne
dabei zu reden. Als wir satt sind,

höre ich mir an, was Monika mir an Neuigkeiten zu erzählen weiß. Sie hat Krach mit den anderen Möwen. Das ist nichts Neues.
„Und tollkühne Kunstflüge habe ich ausprobiert", lacht die Möwe. Ich muß nachtragen, daß Monika eine Lachmöwe ist. „Soll ich's mal vorführen? Da wirst du staunen."
„Nicht jetzt. Ich bin ein wenig in Eile. Ich schaue mir das morgen nacht an, wenn es dir recht ist. Laß uns zur Sache kommen!"
Was das bedeutet? Das bedeutet, daß ich die Möwe Monika nun in ein anderes Tier verhexe. Solche Verwandlungsspiele liebt sie sehr. Sie war schon eine Ameise, ein Pandabär, ein Eichhörnchen, eine Schleier-

eule, ein Zebra, ein Warzenschwein, ein Maikäfer. Ich kann das gar nicht alles aufzählen. Selbstverständlich achte ich darauf, daß sie sich vor dem Morgengrauen wieder in eine Lachmöwe zurückverwandelt.
„Diesmal möchte ich ein Gorilla sein", wünscht Monika.
„Das läßt sich machen." Ich hebe den Hexenstab.
„Aber daß mir die Wirkung auch rechtzeitig nachläßt! Vor Tagesanbruch, hörst du? Ich lege Wert darauf, wiedererkannt zu werden."
Als ob die Möwe Monika das betonen müßte! Das weiß ich doch selber. Schon murmele ich den Hexenspruch:

„Hohler Zahn von Tante Tilla!
Monika ist ein Gorilla!"

In diesem Augenblick hat unser Boot die andere Seite des Stadtteiches erreicht. Wo die Möwe auf der Sitzbank gehockt hatte, da erhebt sich plötzlich ein wolliger Riesenaffe, ruft: „Auf Wiedersehn und danke schön!"
Dann hoppelt er davon in die Büsche.

Ich bin jetzt ganz allein und singe ein Lied. Plötzlich blinkt der kleine Stern auf meinem spitzen Hexenhut. Die Sterne hoch oben am Himmel blinken zurück. „Hallo, ihr Sterne! Habt ihr Lust, einen Tanz für mich zu tanzen?"
„Aber sicher!" flüstern all die Sterne. „Dirigier du mit deinem Hexenstab, und wir tanzen."
Die Sterne tanzen einen so wunderbaren Tanz für mich, daß mir ganz schwindlig wird vom Zuschauen. Sie drehen Kreise, wirbeln in langen Spiralen, zucken im Takt hin und her.

Als ich den Stab sinken lasse, stehen sie wieder still, als sei nichts gewesen.

## Von vier weißen Pferden, von einem grauenhaften Traumgespenst und von den blühenden Häusern

Gangschaltung oder nicht - ich will nicht dauernd auf dem Besen reiten. Für mich als Hexe ist es eine Kleinigkeit, eine altmodische Kutsche herbeizuhexen mit vier weißen Pferden davor. Es sind natürlich Superpferde, die nenne ich Cassiopeia, Orion, Perseus und Andromeda. Damit will ich den Sternen eine Freude machen, denn es sind Namen von Sternbildern.
Auf dem Kutschbock sitzt ein Seelöwe mit dickem Krusselbart. Er hat einen schönen Clownsanzug an mit silbernen Glöckchen am Kragen.

Statt einer Peitsche hält er eine Riesenbockwurst in der Hand, und von der beißt er hin und wieder einen Bissen ab. Eine Peitsche braucht man nicht bei solchen Pferden. Die berühren mit ihren Hufen nicht einmal die Erde. So sanft gehen sie. Und die Räder der Kutsche schweben über die Straße.
„Es kann losgehen, Herr Kutscher", sage ich. „Kutschieren Sie mich einfach quer durch die Stadt."

„Wie Sie wünschen, Frau Rabakrakra", erwidert der Seelöwe. Er hebt die Wurst hoch. Die Pferde verstehen das Zeichen. Sie schnauben ganz leise und fallen in einen geräuschlosen Trab.
An parkenden Autos vorbei geht die Kutschfahrt. An den Hauswänden lehnen Mopeds und Fahrräder. In einem Vorgarten stehen zwei Dreiräder. Sie gehören Lilo und Carsten. Durch die Hauswand sehe ich die zwei in ihren Betten liegen. Ich spüre: Sie träumen etwas Schönes.



7 9890-10

Ein Autofahrer hat das Licht von seinem Opel brennen lassen. Schnell hexe ich es aus, damit die Batterie am Morgen nicht leer ist. Manche Autofahrer haben ihre Autos so blöde hingestellt, daß unsere Kutsche sich richtig in die Luft erheben muß, sonst kämen wir gar nicht daran vorbei. Denen hexe ich allen einen Platten. Na, die werden sich schön wundern!
Wir überqueren den Marktplatz. Der wimmelt tagsüber nur so von Leuten. Aber jetzt ist kein Mensch zu sehen, nicht einmal eine Polizeistreife. Plötzlich, wir sind gerade in die Billerbekker Straße eingebogen, plötzlich höre ich ein Geräusch. Es ist kein schönes Geräusch. Es hört sich an

wie Gewimmer und Gewinsel.
„Bitte halten Sie an, Herr Kutscher!"
Der Seelöwe braucht gar nicht an den Zügeln zu ziehen, denn die

weißen Pferde haben meinen Wunsch verstanden. Ich steige aus und gehe in den düsteren Hof hinein. Hab' ich's mir doch gedacht!

Ein kleiner Mischlingshund sitzt da und heult erbärmlich. Die Kette, die von seinem Halsband zum Ring an der Hauswand führt, ist viel zu kurz und viel zu schwer. Und der Wassernapf ist leer.

„Zu fressen haben sie mir auch nichts gegeben!" beschwert sich der Hund bitter, als er mich kommen sieht. „So behandeln sie mich fast immer. Ist das nicht eine Gemeinheit? Ich heiße übrigens Sultan. Und

der Name ist auch eine Gemeinheit. Er paßt nicht zu so einem kleinen Hund."

„Du hast völlig recht", sage ich. „Ich gebe dir einen neuen Namen. Du heißt ab sofort Charly. Egal, wie die anderen dich nennen: Du heißt jetzt Charly."

„Finde ich prima!" Der kleine Hund freut sich und wedelt mit dem Stummelschwanz. „Charly hört sich echt stark an. Sag mal, könntest du nicht vielleicht etwas für mich tun? Ich hab' Hunger und Durst."

„Natürlich kann ich etwas für dich tun. Du wirst schon sehen. Dem Gustav Kohlmeier und der Trude Kohlmeier gehörst du. Stimmt's?"

Charly staunt. „Woher weißt du das?"

„Hexen wissen fast alles."

Ich habe längst einen Plan. Blitzblitz: Ich schicke der Frau Kohlmeier und dem Herrn Kohlmeier zwei grauenhafte Traumgespenster in ihr Schlafzimmer. Die sehen aus wie bissige Krokodile und haben einen furchtbar stinkigen Atem. Da kann man glatt ohnmächtig werden, sogar im Schlaf. Sie stoßen drohendes Fauchen aus, starren böse mit glühenden Augen und dringen tief in die Träume ein. Solche Angstmacher schicke ich also in das Kohlmeier-Schlafzimmer und schaue voll Schadenfreude zu, wie Gustav und Trude schreiend im Bett hochfahren.

„O Gustav, ich hab' was Entsetzliches geträumt!"
„O Trude, ich hab' auch was Entsetzliches geträumt!"
„Ein schrecklicher Kerl mit einem Krokodilskopf packte meine Gurgel und schrie: Du kriegst nie mehr was zu essen und zu trinken!"
„Bei mir war's genauso, Trude!" Herr Kohlmeier kann es nicht fassen. „Das hat bestimmt was zu bedeuten, daß wir den gleichen Alptraum hatten."
„Hast du dem Sultan eigentlich Futter und Wasser gegeben?"
„Nein", sagt Gustav Kohlmeier. „Wolltest du das nicht tun?"
Trude Kohlmeier schüttelt den Kopf, daß die Lockenwickler klappern. „Ich dachte, du wolltest das tun. Los,

Gustav, worauf wartest du?"
„Du meinst, ich soll ihm mitten in der Nacht Futter und Wasser bringen? Weißt du nicht, daß es stockdunkel ist?"
„Daran denke ich auch, Gustav. Am besten, du holst den Sultan ins Haus. Kann doch sein, daß er sich in der Dunkelheit fürchtet. Wo er doch so klein ist! Findest du nicht, daß der Name Sultan zu so einem kleinen Hund gar nicht paßt?"
Herr Kohlmeier steigt aus dem Bett. Er zittert ein bißchen. Vor Kälte? Vor Angst? „Also gut, ich hole den Hund ins Haus. Und dann denken wir uns einen neuen Namen für ihn aus."
„Ihr werdet schon den richtigen Namen finden!" denke ich und

husche blitzschnell in die Kutsche zurück. Der Hund Charly bellt mir fröhlich nach.
Unsere Kutsche schwebt nun an der Schule vorbei. Ich überleg: Soll ich ein großes Schild ans Schultor hexen? Darauf müßte stehen:

Grad will ich den Zauberstab aus dem Ärmel ziehen, da fällt mir ein: Die Schule darf nicht ausfallen! Wir wollen doch besprechen, wohin die Klassenfahrt gehen soll. Darauf freuen wir uns doch alle so!
Gut, daß mir das noch eingefallen ist. Da hätte ich beinahe einen Fehler gemacht. Eigentlich machen Hexen

selten Fehler. Hat der Kutscher etwas gemerkt? Er grinst plötzlich so komisch. Die Riesenbockwurst hat er

längst aufgegessen. Die langen Schwänze der weißen Pferde flattern lustig im Nachtwind. Wie grau die Häuser alle sind! Grau und langweilig. Da frage ich den Seelöwen: „He, Herr Kutscher! Wie fänden Sie's, wenn auf allen Häusern Blumen blühten?"

Er lacht schallend. „Das wär was, Frau Rabakrakra!"

Ich hebe den Stab, sage den Spruch, und da brechen leuchtende Blumen aus den Ziegelsteinen, aus dem Beton, aus den Dachplatten. Riesige Rosen, Lilien, Nelken, Sumpfdotterblumen, Stiefmütterchen und Veilchen. Auf der Kirchturmspitze blüht ein Gänseblümchen. So eine bunte Stadt!

## Vom Viertelmond mit Sprechblase, von singenden Telefonen und vom süßen Hexenschlaf

Für diese Nacht entlasse ich meinen Kutscher mit seiner Zauberkutsche. Die Blumen lasse ich welken, bis sie nicht mehr zu sehen sind. Allmählich möchte ich nämlich in mein Bett, denn auch Hexen werden müde. Vorher möchte ich aber noch ein bißchen Blödsinn machen, denn auch Hexen machen gern Blödsinn. Dem dünnen Mond - er ist gerade zu einem Viertel zu sehen - hexe ich eine Sprechblase. Auf der ist zu lesen: Ich heiße Donald Duck. Aus den gelben Briefkästen lasse ich Rockmusik erschallen.

Die Wolken am Nachthimmel forme ich zu lustigen Enten.

Dann lasse ich in allen Wohnungen die Telefone klingeln, aber nicht so wie sonst. Nein, jedes Telefon singt eine Melodie: Alle Vögel sind schon da! Über die Gesichter der aufgeschreckten Schläfer lache ich mich schief. Die denken, daß sie träumen!

Ich lege den Langsamgang ein und schwebe nach Hause. Durch die geschlossene Tür schaue ich ins Schlafzimmer meiner Eltern. Dem Peter-Papa hexe ich schnell das Schnarchen weg. In den unruhigen

Schlaf der Johanna-Mama schicke ich tausend goldgelbe Schafe, die beruhigen sehr. Wenn meine Eltern wüßten, daß eine Hexe vor ihrem Schlafzimmer steht!
Den Schlaftrunk hab ich schnell ge-

zaubert:

„Kröte, Kröte, tief im See!
Schick mir meinen Einschlaftee!"

Grau-grün-braun wie die Haut einer Kröte sieht der Schlaftrunk aus. Man könnte sich glatt ein wenig ekeln. Aber kaum schnuppere ich den würzigen Duft, da fange ich auch schon an zu trinken. Mindestens drei Liter trinke ich. Nach Honig, Pfefferminz, Schokolade, Gummibärchen, Apfelsine und Weihnachtsgebäck schmeckt der Hexenschlummertrunk. Aber wie schon der Name sagt: Den gibt es nur für Hexen.

Blitz-blitz! mein schimmerndes Hexenkleid ist verschwunden. Und weg mit dem spitzen Hut! Auch den Besen mache ich unsichtbar. Denn meine Eltern würden furchtbar erschrecken, wenn sie die Sachen fänden und dann wüßten, daß ihre Tochter Elisabeth nachts eine Hexe ist.
Dir habe ich mein Geheimnis verraten, weil du ja versprochen hast, keinem Menschen etwas davon zu erzählen. Wehe, du brichst dein Wort! Wie gefährlich eine Hexe sein kann, das weißt du ja nun. Möchtest du zum Beispiel mit blauen Schlappohren herumlaufen und einer meterlangen Leuchtnase?
Also!

Dann liegt die Hexe Rabakrakra im Bett und freut sich auf den süßen Hexenschlaf. Und wenn sie erwacht, ist sie wieder das Mädchen Elisabeth.

Ich lebe ein wirklich aufregendes Leben!

10 9890-10

CIP-Titelaufnahme der Deutschen Bibliothek

**Pestum, Jo:**
Nachts bin ich eine Hexe, aber das weiß keiner / Jo Pestum. –
München : F. Schneider, 1989
ISBN 3-505-09890-6


8000 München 40 · Frankfurter Ring 150

Umschlagkonzeption: Heinz Kraxenberger
Titelbild und Illustrationen: Johannes Gerber
Lektorat: René Rilz
Herstellung: Brigitte Matschl
Druck: A. Huber GmbH & Co. KG, München
ISBN 3-505-09890-6

FRANZ HÜBNER

## Der Wunschstein

**Eine Freundschaftsgeschichte**

Der beste Freund des kleinen Timmy heißt Wullo. Na, so was, das ist aber ein seltsamer Name, werdet ihr sagen. Wullo heißt Wullo, weil er wie ein Wollknäuel aussieht, aus dem vier Beine und eine schwarze Schnauze herausgucken. Erraten? Wullo ist ein Hund, und mit ihm ist Timmy Tag für Tag zusammen.

Doch einmal mag Wullo nicht mit seinem Freund spazierengehen. So macht sich Timmy allein auf — und erlebt ein tolles Abenteuer am See. Klar, daß er Wullo danach alles erzählt: von dem bunten Riesenfisch und dem Geheimnis um den Wunschstein . . .

Mit vielen farbigen Bildern geschmückt von Eckart Schädrich.